ソ連のおばさん

野崎有以

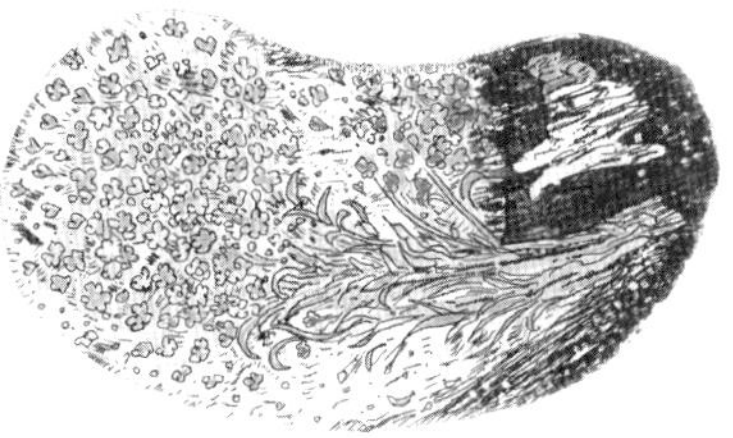

思潮社

ソ連のおばさん

野崎有以詩集

目次

装画＝岩佐なを

ソ連のおばさん

ネオン

そのボクシングジムから最初の世界王者が誕生した日
冬の寒い土曜日の夕方
西武電車の池袋駅　天井のシャンデリヤ　プラットホームのネルドリップコーヒーの香り
メキシコで新しい世界王者が誕生したことを知らせる号外が羽《feather》のように舞った
椎名町へ向かう電車のなか
見知らぬ乗客同士がボクシングジムのネオンを指さして談笑する
夕日とネオンの下にはガラス越しにボクサーたちをのぞく大勢の人々
「いつもの風景のなかに世界王者になる青年がいたとはねぇ。いやあ、あっぱれ」
「しかし、相手もすごいな。立派な紳士ですね」

号外には敗れた王者が新王者の手を高く掲げて勝利を称えた様子が伝えられていた
日本の青年に敗れたのは「メキシコの赤い鷹」と呼ばれたボクサーだ
メキシコシティのスラム街から這い上がった伝説的な英雄だった
「二回目の左ストレートを決められたとき、相手が強すぎると思った」
赤い鷹は日本から来た青年をしきりに称えた
赤い鷹が敗れた試合に対して暴動が起きるかとも思われたが
観客もまた新しい世界王者に敬意を表した
あるものは自分の子供のミドルネームにその青年の名前をつけた
赤い鷹は十二ラウンドで棄権し　新王者のＴＫＯ勝ちだった
メキシコの赤い鷹は彼の人生においてもまた最終ラウンドまで到達することはなかった
ああ　メキシコの赤い鷹よ
とても悲しいことに年老いたあなたの姿を誰も知らない
しかし　あなたは人々の心のなかで永遠に生き続ける
ボクシングジムの壁には最初の世界王者の肖像画が飾られた

そのボクシングジムから最初の世界王者が誕生した日
私はまだ生まれていなかった
いまのはもういない椎名町のおばさんから聞いた話だ

椎名町のおばさんの家に行く途中
買ったばかりの本をボクシングジムの前で読んで夕焼けを待っていた
ボクシングジムのネオンに重なった夕日がこれ以上ないくらいきれいなんだ
どこかうれしい涙で滲んだような眩しさ
まるで夕暮れにたたずむチャンピオンのように誇らしげだった
私の名前は長崎の有明海に由来する
この辺は長崎という地名だから
夕焼けの時だけ長崎がみえるような気がしていた
誇らしい夕日のなかで生まれたことを私は信じていた
背の高いお兄さんが階段に座って洗濯したてのこんがらがったバンデージをほどいていた

「これがちゃんと巻けると、ケガをしないでたたかうことができるんだよ」
「それじゃあ、芸者のお姉さんたちが白粉の下に塗る鬢付け油と一緒だね。ムラなく塗れて一人前。芸者のお姉さんたちはお座敷遊びでいつも勝つでしょう。私もそれ巻きたい」
お兄さんは一瞬目を丸くして笑いながら私に手を出すように言った
夕日とネオンのなかでバンデージが巻かれていく
守られていると安堵した夏の初めの夕暮れ
お兄さんの自転車のうしろに乗ってマリー写真館の前まで送ってもらった
「東京の長崎《あわのとのさま》　安いアパート《はちすかさまだよ》　風呂がない《しゅらしゅしゅしゅ》　トイレは共同《わたしゃあなたの》　時折大家が《そばそばそばだよ》　大鍋抱えて《ほんとにこんぴら》
戸を叩く《だいごんげん》　飯を食べろと《いちどまわれば》……」
お兄さんが自転車を漕ぎながら歌うのを聞いて　私と同じような人間なのだと思った
「この町は夢を持って上京した若い人がたくさん。でも、もう帰ろうと思うんだ」
地面に近づく夕日がいっそう眩しくなった

ボクサーは詩人で　詩人はボクサーだ
リングを去っても　詩が書けなくなっても　たたかいつづける運命なのだ

私は自分の過去とかあるいはもっとこわいものとたたかっている
お兄さんは何とたたかっていたのだろう
お兄さんが巻いてくれたバンデージは
たぶんいまも私の手に巻いてある
だから私は詩人になれた
ああ　一行書くたびにいまも心が擦り減る思いがするよ
過去に引き戻されるおそろしさを
誰かわかってくれる人はいるか
心から流れる血を止めることのできない絶望を
誰かわかってくれる人はいるか
詩を書くことは誰かの苦しみを引き受けることでもあることを
わかってくれる人はどこかにいるか
心が傷だらけになっても立ち上がって詩を書きつづけるんだ
やっと　やっと　やっと手に入れたペンを手放すことなんかできない
ペンを握るたびに歓声が聞こえる気がするよ

ダウンをとられてたまるかっていつも思ってる
私は決してノックアウトされない
いつかの私のように立ち上がれない子供たちがたくさんいるから
そういう子供たちを残してノックアウトされるわけにはいかない

ボクシングジムが閉鎖された日
椎名町へ向かって走る電車のなかからネオンがひっそりと消えるのを見た
ネオンが消えたことに気づいた人は誰もいなかった
ネオンと夕日がもう重ならないように
あのお兄さんには会えないのだろう
そのうち小綺麗なマンションなんかが建って
そこがボクシングジムだったことなんかみんな忘れてしまうよ
世界王者が五人も出たことだってみんな忘れてしまうよ

さよならボクシングジム！

さよならお兄さん！

更地に降り注ぐ夕日はボクシングジムがもうないことに気づかない
知らないほうが幸せなこともある
夕日は今晩もネオンを探している

メキシコの情熱

この詩を私が生まれた年に死んだ *Vicente Saldivar* へ

メキシコ

メキシコね！

ああメキシコ

メキシコか？

メキシコだ

大森の珈琲亭ルアンには「メキシコの情熱」という飲み物がある
オレンジの差さったグラス　グラスの底には粗くて白い砂糖
「メキシコの情熱」を注文すると店主が電気を消し

店内の客からは冒頭のような歓声やため息が漏れる
読書に没頭していた客には迷惑だろうが
退屈そうに外を見ていた客には清涼剤だろう
やがてその暗闇のなかで店主が火のついたテキーラを運ぶ
テキーラはグラスのなかで青い炎を上げる
火の消えないうちに熱いコーヒーが注がれると一瞬だけ赤い炎が見える
それは翼を大きく広げた赤い鷹のようでもある
赤い鷹は消える直前　最も美しい赤い色をする
そして炎はコーヒーに溶けて消える
赤い鷹などもとからいなかったかのように

店主は再び電気を点け
何事もなかったように日常が戻る
テキーラとオレンジのわずかな香りだけが残った

Atlantic Crossing（overhaul ver.）

ステラ・マッカートニーの凸凹のセーター＊
裏は凹凸のないきれいなセーター
だけどタグはきれいな面についている
つまり　私は裏っかえしのセーターを〝こっちが本当の私だ〟と言って
堂々と着ていることになる
私の人生はこのステラ・マッカートニーのセーターと同じで
生まれつきタグがきれいなほうについていた
タグを付け替えようと試みたこともあった
しかしびくともしなかった

一生外すことができないことに気づいて絶望した
嘲笑する人間もいた
でもそれは詩人である私そのものだと思う
傷がむき出しになったまま詩を書いている
自分以上のものになるつもりはない
このステラの裏っかえしのセーターは《And when the broken hearted》
ステラのお父さんのポールがピアノで歌うレット・イット・ビーそのもののようだ《people living in the world agree There will be an answer》
静かに受け入れられた気がする《Let it be》

開店から一時間ほどの間
西武百貨店ではスピーカーの内側にピアニストが雇われている
毎日決まった音楽がピアノで演奏される
そのうちの一曲がセイリングだ
ステラ・マッカートニーの売り場の横あたりの天井から糸電話がぶら下がっていて
曲目は決まっているけれど

糸電話がみえる人だけ微妙なリクエストをすることができる《Can you hear me》

「今日のセイリングはサザーランドじゃなくてロッド・スチュワートの歌い方で弾いて」

「そいつは難しい注文だ。ロッドはロックスターだから大盤振る舞いをする。I am sailingって歌ってるうちはまだいい。でもIがWeに代わると世界中から数えきれないほどの傷ついた人たちを連れてきて大合唱さ。誰もかなわない。ピアノだけで表現するのは不可能だ」

「でも今日は願いが叶いそうな天気なんだよ。ほら、ちょうど船乗りの恰好をしてイギリスを発ったロッドがニューヨークの港に着いてセイリングを歌った《Atlantic Crossing》時みたいな曇り空をしてる。だからロッドの歌い方で弾いてほしい。ところでそのピアノ、スタインウェイ？」

「いや、SUZUKIだよ。電子ピアノの。スタインウェイは高すぎて手が届かない」

「アメリカって感じのする明るい音色だったから、そうかなって。あなたの腕がいいんだね。ところでSUZUKIって？」

「知らない？ブラジルではSUZUKIを使っている人も少なくないよ。僕はブラジル人なんだ。名前はリカルド。音楽に国境はないから君とも言葉が通じてしまうね」

糸電話越しに　握手をした時のぬくもりに似た体温が伝わってきた

「リカルドっていうからメキシコ人かと。リカルド・ロペスを思い出した」

「彼は素晴らしい《El Finito》男だね。詩人もボクサーと似たようなものかい？」

「詩人は一生防衛しつづけないと生きていけない。そう、生きていけない。私は詩を書くことでかろうじて生きていける。それに詩は理不尽なんだよ。階級の違う化け物、つまり過去が襲ってきたりする。私の詩が偽物だって、武器を持ち込んでリングに踏み込んでくる。それでも〝いかなる者の挑戦も受けなければならない〟。私は立ち向かう。クズな大人に媚売ってるクソみたいな子供の書いたもんでも読んで感動して涙でも流しなって。偽物だなんて冗談じゃない。私の詩は私の人生そのものなんだよ。ロッドみたいにWe are sailingって、傷だらけの人たちと一緒に歌っておかしな連中がつくった理不尽をなぎ倒して行くのが私の夢なんだ」

しばらく間が空いてからリカルドの声が糸に伝わってきた

考えごとをしていたのか　Wi-Fiが不安定だったのか

「わかった。ロッドの歌い方で弾くよ。大勢の人たちが歌ってくれるといいな」

「ありがとう《Obrigado》。リカルド《Ricardo》」

糸電話が切れるとニューヨークの港の霧のようにセイリングが鳴り出した

I が We に代わったとき
傷だらけの人たちのすべての傷が輝きに変わるかのようだった
店内放送が一日取りやめになるのではないかと思うほど
セイリングがやまない

＊Stella McCartney *Felted Tiger Camouflage Sweater*, Autumn 2018.
タイトルは Rod Stewart *Atlantic Crossing*, 1975. より。
Atlantic Crossing というかつて書いた同名の詩に大幅に手を入れた。ピアノの修理でいうところのオーバーホールだ。

Atlantic Crossing（brand new ver.）

これは大西洋を渡る（*Atlantic Crossing*）ことのできなかったボクサー（*Marcel Cerdan*）のための詩でもある

有楽町の空に漂う銀座スカイラウンジ
予約の電話をするときは夜が始まってから
電話越しに漏れたピアノの音を聴くのが好きだから
スタインウェイのピアノはエディット・ピアフの「愛の讃歌」を奏でている
天に通じる階段から誰かが降りてくる足音のようにピアノが鳴る

かつてピアフがこの歌を初めて披露したときの歌声は

地上の天井を溶かすほどの熱を帯びていた
アメリカに来なかったボクサーの恋人のために歌ったのだ
大西洋を渡る途中の飛行機事故
恋人は再び世界王者に返り咲くためにニューヨークへ向かった
世界的に有名なヴァイオリニストとその兄であるピアニストも飛行機に同乗していた
兄妹と談笑しながらボクサーは搭乗した
「僕はこれからアメリカで王座を獲得するんです。必ず勝ちますよ」
しかし誰もアメリカに辿り着けなかった
ヴァイオリンを大事そうに抱えたヴァイオリニスト
ピアニストは海の向こうのピアノを探し
ボクサーは再び王者に返り咲いた自分に拍手を送る恋人を探した
ずっと離れたところで微かに聞こえるピアフの歌声を聞いたかもしれない
ピアフの公演会場ではスタインウェイの音色が響いていた
スタインウェイは条件がそろえば
アメリカの輝く部分を惜しげなくさらけ出したような明るい音色になる

悲しいほどに明るい音色がするのだ
会場は磨き上げたダイヤモンドのような歓声に包まれたが
ピアフの悲しみが消えることはなく
その悲しみは歌うたびに深くなった
消えない悲しみを魂と呼ぶ

今晩も有楽町の空に漂う銀座スカイラウンジでは
星になった魂たちがスタインウェイのピアノに降りてきて祈る
そしてピアノは鈴のような明るいアメリカのピアノの音になる
湿気のない日がいい
私のアメリカが曇るから
悲しいほど明るいアメリカのピアノの音よ
お前の何がこんなに悲しくさせるのか

U字溝

女の亭主が膨らんだ餅が食いたいと朝からぼやいていた
女は知らん顔をしていたが
亭主が七輪を買いに行こうとしたところで
「七輪がなければU字溝を使え」とやっと女が声を発した
U字溝の敷かれたドブには干上がってふんぞり返った泥が張り付いていた
藁をよけてドブを浚うと冬眠しかけたカエルが隣のU字溝へと移った
女はU字溝に網を置いた
この家では薬局で買ったオロナミンCを縁側においておくと
とんま天狗があがりこんで勝手に飲んでいった

今日もとんま天狗がオロナミンCに卵を入れてオロナミンセーキを作って飲んでいた
「ちょっと！　勝手に卵まで入れるんじゃないよ。卵は高いんだよ。力仕事でもしてもらうよ」
そう言うと女はとんま天狗の襟をつかんでU字溝のところまで連れて行った
「ここに、臼があるね。これで餅をついてほしいのさ」
女はとんま天狗に餅をつくよう命じた
「苔が生えているし、なんだか虫も湧いてますけどいいんですかね」
とんま天狗は餅つきのような重労働はやりたくなかった
「虫も栄養のうちだ」
とんま天狗は眼鏡を鼻まで下げながら餅をついたが
手にまめができたと大騒ぎしてオロナイン軟膏を探しに行きそのまま帰ってしまった
「何が元気ハツラツだよ！」
女は文句を言いながら逃げ出したとんま天狗に代わり餅をついた
苔が生え虫の湧いた臼でついた餅のまばゆい白さよ

女はすり鉢できな粉と生砂糖をいつまでも混ぜつづけ
餅がU字溝のうえで膨らむのを待っている
餅はなかなか膨らまない
女は亭主に餅とは関係のない話を延々とした
八百屋の夫婦が気に入らないから肥溜めから肥料をくすねて今後野菜は自分で作るだの
牛乳は不経済だからいっそのこと米のとぎ汁で代用するだの
意味の分からないことをわめいて頭からきな粉をかぶった
そのうち餅より先に女が膨らんで飛んで行った
アメリカへ行った

アメリカひじき

「じいさん、アメリカから小包だ。ニュージョージニア州のせがれからだーとよ！」
このじじいとばばあの息子は野暮ったい嫁とともにアメリカへ渡り
ニュージョージニア州に住んでいた
そのニュージョージニア州というのは
ニューヨーク州のことなのかニュージャージー州のことなのか
はたまたジョージア州なのかヴァージニア州なのか
それは誰にもわからなかった
「鮭の切り身、牛肉、えび、コーヒーだな。じいさん、今日は塩鮭にすきやきをこしらえてやるだよ。豪華でねえか？　うっしししし」

じじいは雀のように歓喜した
しかし　実際に小包に入っていたのは
スモークサーモン　ローストビーフ　甘えび　コーヒーだった
ばばあはスモークサーモンを塩鮭の切り身のように焼いた
「こりゃ網に張り付いてちゃんと焼けねぇな」
ばばあは文句を言いながら網にのせたスモークサーモンに火を通した
「なんだばあさん、この鮭はやらかくてうまくねえな。それに切り身がいくつもくっついちまってる。もともとの切り方がよくねえ。この鮭は皮もついてねえのか」
「皮がなくちゃ塩鮭とは言えないべ（※だからそれは塩鮭ではない）。アメリカに騙されたんだべ。さあ、じいさん。気を取り直してすきやき食うだよ」
ばばあはこたつにのせたカセットコンロに土鍋をのせると醤油と砂糖を入れ火をつけた
「すきやきはキャベツと一緒に食べるとうまいだとよ」
湯が沸くとじじいは薄く切ったローストビーフを入れた
「肉が煮えてからキャベツを入れるだとよ」
ばばあが急いで肉に食らいつこうとするじじいをたしなめた

「よし、うまく煮えただ。食べてよし」
ばばあの許可が出るとじじいは肉に食らいついた
じじいはぐらつく入れ歯で煮えたローストビーフをんがんが噛んでいた
しかし　それはじじいの知っている牛肉の味ではなかった
「あんまりうまくねえな」
すかさずばばあもすきやきを頬張った
「あれま、こりゃうまくねぇ。脂がねえだよ。えびでも入れてみるべか」
ばばあはすきやきに甘えびを投入した
「ばあさん！　そのえびはなんだ。火にかけたらゴミみたいに小さくなっちまって、どこにあるかわからねぇ！」
「しょうがねぇ！　飲み干すだ！」
じじいとばばあはすき焼きを飲み干した
「しょっぺぇな。口直しにコーヒー飲むべ。コーヒーだコーヒー」
ばばあは湯呑みにコーヒーを入れるとポットから湯を注いだ
「こりゃ、湿気ってんだべ。全然とけねぇ」

村一番のしみったれで鳴らしていたじじいとばばあは
レギュラーコーヒーを飲んだことはおろかその存在すら知らなかった
じじいとばばあにとって　コーヒーと言えば安いインスタントコーヒーのことだった
「待ってろ、じいさん。いま急須で淹れてやっから」
ばばあは湯呑みのコーヒーを急須にあけ　ぶんぶんと攪拌しだした
「あれま、こんなにぶん回したのにまだ粉が残ってるだーとよ！」
「しんべぇな（※渋いな）」
「砂糖入れっか？」
ばばあはすきやきに入れようとした砂糖を掬ってじじいの湯呑みに入れた
じじいは皺くちゃな顔をさらに皺くちゃにした
しばらく沈黙があったのち
ばばあの口から掘りごたつを持ち上げるほどの怒りの言葉が発せられた
「アメリカの食いもんは全部だめだ！」
「でもよ、ニュージョージニア州の食卓ではもっとひどいことになってるでねえのか。うちのばあさんが料理してもこんなんだから、あの野暮ったい嫁がこれを料理したらどうなることか。考えただけでおそろしいこった」

「あの嫁のことだから、料理なんかしないだよ。牛肉でも鮭の切り身でも、生のまんま出すだよ。ぐわははははは！」

じじいとばばあの大笑いが村中に響いた

じじいとばばあのせがれはこの村に住む親類にも同じものを贈った
しかし　親類も同じ方法でこれらの贈り物を食した
スモークサーモンを網で焼き　ローストビーフと甘えびを鍋に入れ
レギュラーコーヒーをひたすら攪拌した
そして同じことを叫んだのである
「アメリカに騙された！」と

＊タイトルは野坂御大の小説より拝借した。

塩屋敷

アメリカに行った女が大雪になりそうな日に村に戻ってきた
女はいつかの大雪の日に雪かきをしろと亭主に言われたせいで出ていった
地主の亭主はえらく反省した
女のことを思い出すたびに家の若い衆を集めて塩を買いに行かせた
雪の降りはじめに塩を撒いておくと積もらないのだと聞いたからだ
塩の入った袋は台所にはおさまりきらず
要塞のように屋敷を囲むまでになった
女はアメリカから持ってきた液体を舐めつづけていた
「アメリカの子供はなんでもこれをかけるのよ」

そういうと女は男の頭からその液体をかけた
HERSHEY'S CHOCOLATE SYRUP

女の到着とほぼ同時にチョコレートシロップの入った箱がたくさん届けられたが
塩のせいですべて家の中に運び込むことができなかった
女は立腹して「塩を全部撒いちまいな！」と亭主に言った
しかし亭主は「まだ雪が降っていない」と譲らなかった
亭主は "…… I miss you, darling. Ken" と書かれた紙を箱の中から見つけた
亭主は英語が読めない
「そのチョコレートシロップはアメリカの偉い人が送ってくれたのよ。そっちの偉い人はなんて言うのかって聞かれたから、村長さんの名前を答えておいたわ。Kenって書いてあるでしょう。謙之介のKenよ。村のみんなで召し上がってくださいって書いてあるのよ」
田舎者は「偉い人」という言葉にすこぶる弱い
男は得意になって雪の降る前に村じゅうにチョコレートシロップを配って回った

こたつの上には亭主の読んでいた『家の光』
ノサカ・アキユキ
いるのかいないのか
ヤマシタ・ソウイチとの往復書簡だけが連載され続ける
重なった生八つ橋のような往復書簡を一枚ずつはがしていくと
「農村生活の改善はカマドから！」というスローガンが発掘された
コン・ワジロウがノンクレジットで啓蒙している
しかし何も変わらない
塩が増えたこと以外は

「雪が降ってきたな。おい、お前、屋敷の庭じゅうに塩を撒いてくれないか」
男は満面の笑みだった
「冗談じゃない。あんたがやりなさいよ」
女は旅券に再び手を伸ばした

さて　女が出て行き亭主が追いかけたところで
ノサカ・アキユキとヤマシタ・ソウイチの往復書簡の続きをめくってみることにする
するとどうだろう
生八つ橋のあんこが透けて見えるように何かが底に見えるのである
往復書簡をすべてめくると
小さな小さなノサカ・アキユキが出てきた
可愛らしく口をパクパクさせながら何かを言っているが
小さな小さなノサカ・アキユキの声は聞こえないのである
「野坂先生！　マイク使ってください！　こっちまで聞こえません！」
そう言ってマイクを渡すと
サングラスをかけた小さな小さなノサカ・アキユキははにかみながらマイクを掴んだ
「さよならさよなら　国家甲羅！」

フリオ・イグレシアスが日本のおばさん三人を失神させた伝説のディナーショーについて

あれは渋谷の東急プラザが閉館する少し前のことだったと思う
感傷に浸りながら渋谷ロゴスキーで食事をしていると
隣のテーブルの年配のご婦人二人の会話が耳に入った
「この前、オーチャードホールにフリオ・イグレシアスを観に行ったのよ」
「まぁ！ どうだった」
「良かったわよぅ。楽屋にも入れてもらったのよ！」
「まぁ！ どうして！」
「楽屋に入って写真を撮ってくれるチケットを買ったのよ」
「高かったでしょう」

「そりゃ普通のチケットより高かったわよ。でも、思い切って買ってよかったわ！」

興奮気味で話すご婦人に私は思わず尋ねたくなった

「失神しませんでしたか？」と

私が小学生だった頃のある日

ＮＨＫの九時のニュースで男性アナウンサーが淡々とニュースを読んだ

「今日の午後七時過ぎ、東京都内のホテルで行われていた来日中の歌手フリオ・イグレシアスさんのディナーショーで三人の女性が失神し、救急搬送されました。いずれの女性も命に別状はないとのことです。なお、失神の詳しい原因についてはわかっていません」

こんな嘘みたいな本当のニュースが確かに流れたのである

失神の直接的な原因は知らないが　原因の大元は「世界の恋人フリオ」だろう

「黒い瞳のナタリー」の伴奏が始まるとフリオはおもむろにスタンドからマイクを外した

Nathalie……と歌いだす直前に目を閉じて息を小さく深く吸った

薄い唇からは白い歯がのぞいた

そして愁いを帯びた瞳でテーブルをまわりはじめた
歓声が上がり観客がフリオに触ろうとして立ち上がったり手を伸ばすのかと思いきや
凍り付いたのだ
フリオが動けば動くほど
凍り付いたのだ
おばさんも　おじさんも　若い人たちも
凍り付いたのだ
時間を止めるほどの恐ろしい美しさをもつ男よ
滲み出る微笑み
無意識の微笑み
赤ん坊のする生理的微笑のような
純粋な美しさは人を狂わせる
何かに追われるように　魂を込めながら歌うのだ
フリオの心には彼自身の創り出したNathalieという女がいて
しばしば彼を翻弄するのだ

フリオが「Nathalie Nathalie……」と繰り返して歌い終わろうとしたとき
三人のおばさんが床に倒れていた
それまで誰も気づかなかった
「大丈夫ですか」という趣旨のスペイン語を話しながらおばさんに近づいたフリオは
三人のおばさんを余計に失神させた

実際にどのような状況で「世界の恋人フリオ」は日本のおばさん三人を失神させたのか？
それからかなり経ってからその頃の新聞記事などにあたって調べた
しかし見つからないのである
三人のおばさんが失神したことはおろか
フリオのディナーショーが東京で開催されたという事実すら突き止められないのである
私が見たのは夢だったのか《¿Qué será de ti?》
幻のように現実が消えたのか《¿dónde estás?》

おしゃべりを続けるご婦人二人を尻目に

ジョッキに入ったクワスをグラスに注ぐ
蜜色と蜜味
妖精のような細かい泡が躍っては消える
窓の外には高速道路と真っ赤なコカ・コーラのネオン

「さよならさよなら　国家甲羅！」

ソ連のおばさん

Из России с любовью
ソ連のおばさんからの手紙はいつもこの文章で結ばれていた

「ソ連のおばさんが来るから駅まで迎えに行くよ」
母に手を引かれてバスに乗って駅まで行った
ジャケットを着てスーツケースを持った女の人が改札から出てきた
常識があるようなないような
日本語がわかるようなわからないような
それがソ連のおばさんだ

「夜の飛行機でモスクワに行くのよ」
ソ連のおばさんは母にそう言うと私の顔をまじまじと見た
「あなたにそっくりな女の子を前にロサンゼルスの空港で見たのよ」
おばさんは母に私をアメリカで産んだのかとか
私をアメリカに連れて行ったことはあるかと尋ねた
どうしても私をアメリカと結びつけたかったようだった
アメリカなんて行ったことはない
飛行機にすら乗ったことがないのだから
ビーンと退屈な音を地上にばらまく昼間の飛行機
宝石のようなライトを輝かせて飛んで行く夜の飛行機
小さな国の空の下から見上げているだけ

ソ連のおばさんは駅前の衣料品店の前で立ち止まった
山積みの安いストッキングを見つけて気が狂ったように買い漁った
ソ連のおばさんはモスクワの古いホテルを好んでいた

「ソ連のホテルはね、シャワーが水なの。でもストッキングを係の人に渡すとやっとお湯を出してくれるのよ。ソ連ではストッキングは手に入らないから、何か頼みごとがある時はストッキングを渡すの」
ソ連のおばさんはもっとストッキングはないのかと店員を呼んだ
「ホテルの人が男の人だったら困るんじゃない」
ストッキングの狂気のなかでおそるおそる聞いた
「奥さんか恋人にあげるでしょう」
ソ連の人たちに淡い憧れを抱いた

ストッキングの行商のようになったおばさんを連れて近所のうどん屋に入った
「きれいだわ！　きれいだわ！」
どこにでもあるようなうどん屋のメニューを見ておばさんは興奮した
おばさんの感嘆する言葉のなかに異国のなにかを見たような気がした
「メニューの写真がきれいだからしばらく見ていてもいいかしら」
うどんを注文したあともおばさんはメニューをまじまじと眺めていた

おばさんの言う通りきれいなのかもしれなかった
「これお土産よ。青い缶のキャビアは高級品で外国人しか買えないの。ソ連の人たちは赤い缶のキャビアを買うのよ。青い缶のキャビアはドルで買えるのよ」
おばさんはそう言うとエスティローダーの赤い口紅をおもむろに引きはじめた
それを持っているとアメリカに行けるのかもしれないとその時私は思った
（だいぶ長いことデパートの一番いい場所にあったエスティローダーのパネル。椅子に腰掛けたイヴニングガウンを着たアメリカ人のモデルが赤い口紅をつけて顔をほころばせている白黒のパネル。それが私の考える「アメリカ」のすべてだった）
エスティローダーの赤い口紅を内側から眺める人々
モスクワの寒いアパート
男が妻の誕生日にためていたストッキングを渡す
色のついていない唇　薄く油を滑らせた踵　慎重なストッキング
赤い缶のキャビア　ウオッカと故郷のナリブカ
素敵な靴があったらもっとよかったのに

おばさんをバス停まで送っていった
「ソ連は寒いからやっぱりアメリカに行こうかしら。あなたに本当にそっくりな女の子を
ロサンゼルスの空港で見たのよ」
バスはなかなか来なかった
おばさんは母と私に家に帰るように言った
おばさんのうしろすがたを家の窓からバスが来るまでずっと眺めていた
アメリカの風が吹いていた

それからまもなくソ連は崩壊し
おばさんの行方を私は知らない

擦り切れたジーンズのポケットにエスティローダーの赤い口紅
イヴニングガウンは持っていない
私もアメリカに行きたい

密造酒「チルチルメチル」

平和の種が蒔かれ、ぶどうの木は実を結ぶ
ゼカリヤ書　八章十二節

（港区の古びたビル。そのなかにその会社はあった。高層階はただ箱を積み重ねたような違法建築。まるでジョージアに生えた世界で最初のぶどうの木そのものだった。私が「ソ連のおばさん」と呼んでいた母の友人がモスクワから赤い座席の飛行機に乗って帰国したその足で、私の誕生を祝ってワインの醸造をこの会社に依頼した。碩学な男が経営するその会社の名は「田町ワイン・三田シードル合資会社」。入口には「Gemeinschaft」と大きく掲げられ、明るい排他の匂いがした。ノックしたけれど応答のないドアを静かに開けた）

「さぁ、チルチルメチル！　飛んでいくのです！　幸福を探しに飛んでいくのです！」

胡乱な男が窓からオレンジジュースを撒き　それが赤い鳥のように自由に空を舞っていた
「失礼、気がつきませんで。三田シードルの注文が立て続けに入って、アルバイトの女の子を短期で雇ったら、シードルがなんだかいまの若い人はみんな知らないみたいで、オレンジジュースで作ってしまったんですよ。それもよりによってバャリース・オレンヂで」

「オレンジで密造酒を作ると微量のメチルアルコールが生成されるということですか」

「微量でも駄目です。酒は飲めればいい、毒だっていい、そんなソ連式の密造方法の時代は終わったんですよ。オレンジからチルチルメチルが生成されるわけはよくわからないのですが、とにかくオレンジはだめだと昔から言いますからね」

「ソ連のおばさん、いや私の母の友人が私のためにワインをここで作ってもらったんです。保存期間は一つ先の元号までという決まりがあるとその人から聞いたのを思い出しまして」

「ああ、何だか頭が混乱してしまう。ちょっとお待ちを。いま、出前を頼もうと思っていたところで。あなたもどうですか。私はたぬき丼を頼むので、あなたはきつね丼で良いですか」

「きつねうどんはないのですか」

「それは200円高いからきつね丼にしなさい」

「やだ」

私は男から店屋物のメニューをひったくった
そこには天ぷらうどんや鍋焼きうどんの写真もあった
「鍋焼きうどんなんてどうですか。今日は寒いから」

「わがままをいうんじゃありませんよ。今日はたぬき丼ときつね丼です」

男は電話を架けに行った
「このメニューの写真がきれいだからしばらく眺めていてもいいですか」

「好きにしなさい」

時代遅れの黒電話を回して男はそば屋にたぬき丼ときつね丼を注文した
「思い出しましたよ。あのソ連から帰国されたご婦人のワイン。あなたは何年のお生まれ」

「西暦1985年」

「ということは昭和60年物のワインを探せばいいですね」

そういうと男は湿っぽい押入れを開けてカビやら常在菌をうまそうに吸い込んだ
小さなクヴェヴリのような素焼きの壺たち
そこでワインやシードルが醸成していた
「これ、いいでしょう。そのままワインセラーにもなるし、イタドリの葉を寝かせるのにもちょうどいい塩梅です。ああ、ありました。昭和60年物はソ連のご婦人に依頼された一本だけしか残っていない。Алёнка（アリョンカ）と書かれていますね。可愛い女の子の絵が描かれているソ連の有名なチョコレートの名前。最近は日本にも輸出するようになって、ほらここにもありますよ。それにしてもなぜワインにアリョンカと書いたのか」
「ソ連のおばさんは適当なんです。左足はソ連、右足はエスティローダーの化粧品を買うために西側諸国、そして両足を揃えて時々日本。私の頭にスカーフをかぶせてアリョンカチョコレートの女の子みたいだわと言ったかと思えば、アメリカの空港で私にそっくりな子を見たとかね。そもそも私が誰でもないのかもしれませんが」
たぬき丼ときつね丼を持ってきた出前の若い男の子が玄関でチャイムを鳴らした
「ご苦労さま。ありがとう。ところで、われわれは本当はたぬきうどんときつねうどんが食べたかったのです。寒い日はあったまりますね。でも、さっきこの寒さのなか、救世軍が大通りで社会鍋を持っているのが見えたので我慢したのです。だからうどんになるはずだった４００円を社会鍋に入れて欲しいのです。あなたにも神様のご加護がありますよ」

出前の若い男の子は面倒臭そうに４００円をポケットに入れた
「いまの出前の若い男の子、絶対社会鍋にお金なんか入れないと思いますよ」

「彼を信じましょう。社会鍋にお金が入ったら救世軍が讃美歌を喇叭で吹くはずです。きつねうどんを我慢してくれたあなたにもきっと神様のご加護がありますよ」

猫舌の男は扇子でたぬき丼をあおいで冷ました
「私もね、ちょっと前までは社会鍋に募金だなんて考えたこともなかったのですよ。もう自分のことばっかりで。ある時、友人に教会に誘われた時もそうでした。パンとワインが出るというので朝ご飯を抜いて行ったのです。私としては銀座木村屋のグリルのパン食べ放題のようなものだと思っていたのですよ。それが出てきたのは紙のようなパンとワイン一口だけで……」

「聖餐式ですね」

「そうですそうです。しかしいまでは社会鍋に募金をするくらい改心したのです。そんな私をほめてください！」

「すごい！　社長すごい！」

男は食べ終わると短冊にした古い辞書で巻いたイタドリタバコを吸った
「やれやれ、あなたも一服どうですか」

「私は喘息なので吸えません」

「権力は喘息をも惹起しますからね。でもこれは専売公社のものではないから大丈夫です」

「でも、やめておきます。さっきのアリョンカをいただきますよ」

しかしそれはもはやソ連のおばさんからもらって食べたアリョンカの味ではなかった
「これはソ連のアリョンカじゃない！　工業製品みたいな、軋む扉に差す油のようなあの味はどこへ。これはウォルマートに山積みの無害なハーシーチョコレートと変わらない。普通に消費され得る安全なチョコレートに成り下がってしまった！」

「もうソ連って国はどこにもないのです」

男は真面目な顔になりその表情からは胡乱さが消えた
「あなたはご自分のお名前が長崎の有明海に由来するから故郷は長崎だと言っているけど、ソ連がもうないように、あなたが故郷だとかたくなに主張する長崎もあなたの幻想だ。あなたは長崎では生まれていない。実際にあなたが生まれたのはこの辺りのはずです。戸籍にそう書いてあるはずだ」

「私に故郷はない。港区と渋谷区の境目の坂で母が産気づき、ゆえに故郷はない」

「でも実際に生まれて届けが出されたのは港区ですよ。田町ワインこそまさにあなたの故郷のワインだ。ああ、甘い香りが……。故郷はこんなにも甘く切ない《Letting go》。最高の気分だ《Le meilleur》」

「レーズンのたっぷり入ったクワスの匂いがしますね」

「クワスと同じく黒パンを使って発酵させましたからね。原料はぶどうジュースと黒パン、そして崩壊しかけたソ連の空気。この黒パンはソ連のご婦人がコートのポケットに入れてモスクワから日本へ持ち帰ったものなのです。あなたの幸福を祈りながらクヴェブリ壺に放り込んでいらっしゃいました。いまやっと長い年月をかけて素晴らしい飲み物に変貌を遂げました。黒パンの妖精のお嬢ちゃん、ズドラーストヴィチェ！　いっぺんに飲んだらいけませんよ。度数がどうなっているかもわからないのですから。故郷の味はどうですか」

「チョウチョのような微かな発泡の予感を感じます《Avoir des papillons dans le ventre》ね。つまり幸福の予感。幸福は近くにあるものなのですよね……」

救世軍の喇叭が嚠喨と鳴った

青い鳥の翼

わたしはぶどうの木、あなたがたはその枝である
ヨハネによる福音書　十五章五節

城の鐘がゆっくりとけたたましく十二時を打ったとき
翼を失った少女が群衆に追われて城に飛び込んできた
少女は苦しくてつらくて幼い頃群衆に翼を差し出してしまった
泣きながら翼を差し出しても群衆の嘲笑は止まなかった
翼は少女の目の前で壊されて少女は泣き崩れた
群衆は少女から翼をむしり取っても飽き足ることはなく
少女は言葉も笑顔も失った

城のなかの王子は来る日も来る日も花束を作り続けた
王子はチョコレートの花束を食べたら翼が戻ると信じていた
しかしチョコレートの花びらは王子の手のうえで毎晩溶けていった
少女が目に涙をためるたびに王子は自分の体温や吐息を呪った
心を込めれば込めるほどチョコレートは溶けていった
王子はチョコレートの溶けない薬を手に入れたが
少女は首を振ってバルコニーからそれを捨てた
言葉がたくさん溢れてきて少女の耳たぶや頬を赤く染めた
ちょうど王子が作ろうとしたチョコレートの花びらのように
「過去は戻ってこないけれど、人生は巻き返すことができる」
少女は溶けた花びらを指ですくって取り戻した言葉《les cœur》を書く
花束にならなかったチョコレートの甘さが取り戻したのは
抱えきれないほどの笑顔をした少女《ma chérie》
だけど翼だけは戻ってこなかった

王子は少女を自分の翼に乗せてバルコニーから飛び立った
「僕の故郷へ連れて行ってあげる。僕は群衆の押し寄せる城で生まれたわけじゃない。修道院のある小さな村で生まれたんだ。昼と夕方に鐘が鳴ってとっても素敵なんだ。
ああ《la》、夕方の鐘が鳴った《chamade》よ！」

私の失った翼は二度ともとには戻らない
だけどあなたが翼に乗せてくれるのなら
私は空を飛べる

＊Paul McCartney *My Valentine*（2012）より着想を得た。

銀河鉄道999　椎名町発　大泉学園行き

所沢西武で狭山茶と焼きだんごを三本買って電車に乗ろうとしたら
松本零士先生がイタリアで倒れたというニュースに接した
報道によれば深刻な状態にあるとのことだった
急行に乗って池袋まで行くつもりだったが
いてもたってもいられず各駅停車に乗って大泉学園で降りた
改札を出ると銀河鉄道の駅長さんが出迎えてくれたが
列車の出発時刻が迫っていたようで手を振って銀河鉄道に乗ってしまった
「ま、ま、ま、松本先生が……」
松本先生を助けてほしいと言ったが銀河鉄道の汽笛の音にかき消されてしまった

「メーテルさんが階段を降りたところにいますので伝言はメーテルさんへ！」

改札下では壁画のなかのメーテルさんが出発した銀河鉄道を見つめていた
「あの、メーテルさん。松本先生を助けてほしいのですが」

「あら、こんにちは。私は正確に言うとメーテルさんではないのよ。メーテルさんの妹か親友ってところかしら。メーテルさんご本人はいつも小倉駅のベンチに鉄郎君と一緒に座っているわ。銀河鉄道の登場人物は小倉の街から生まれたんだっていつか松本先生が言っていたでしょう」

「それは困りました。松本先生が大泉学園に無事に帰ってくるといいのですが」

「それだったらね、椎名町へ行くといいわ。改札を出たところに赤塚先生がいるはずよ。赤塚先生ならどうにかしてくれるかもしれないわ。でも椎名町は各駅停車しか止まらないのよ。次の各停を逃すとずいぶん待つことになるから急いでもう一度電車に乗りなさい」

「ありがとう！　メーテルさんのお友達だか妹さん！」

椎名町駅の出口でサイボーグ００９と怪物くんの横で赤塚不二夫が逆さの新聞を読んでいた
「赤塚先生！　松本先生を連れて行かないで！」

「ワシは赤塚先生ではないのだ」

「松本先生が西武線からいなくなったら寂しいから連れて行かないで！」

「人の話を最後までよく聞くのだ。わしは赤塚先生ではないのだ。バーカボンのパーパなのだ！」

よく見ると赤塚不二夫ではなく本名はよく知らないがとにかくバカボンのパパだった
「パパ、松本先生は帰ってくるかな」

「それなら銀河鉄道の乗客名簿を見たら良いのだ。いまから一か月以内に帰ってくるのだったらそこに名前が載っているはずなのだ。銀河鉄道はレッドアロー号と一緒で一か月前から予約が可能なのだ」

「銀河鉄道？　池袋から出るの？　私、見たことないよ」

「いや、池袋は発着権が高すぎて買えなかったのだ。椎名町のお祭りのときにどさくさに紛れてホームの目立たないところにワシが乗り場を勝手にこしらえたのだ」

椎名町駅のホームにある銀河鉄道の乗り場は普段は誰にも見えない
「これでいいのだ！」

バカボンのパパが知恵ある言葉を囁くとベニヤ板でできた適当なつくりの乗り場が現れた

「ほれ、これが乗客名簿なのだ。いまは個人情報がうるさいからワシが見てやるのだ。とりあえず焼きだんごを一本よこすのだ。きびだんごと違ってもらっても家来になってあげないのだ」

三本のうちの一本を渋々バカボンのパパに渡した

「焼きだんごはうまいのだ。確かに書いてあるのだ。ワシは字が読めないが書いてあるのだ。なんだ昔、椎名町のアパートに出入りしていた人なのだ。あとはワシと一緒に祈るのだ」

これでいいのだ！

ベニヤ板でできた変な乗り場に「大泉学園」と行先の書かれた銀河鉄道が到着した

＊その後、松本零士先生は順調に回復し、無事に大泉学園に帰られたということを知った。しかし、それがバカボンのパパのおかげだったのかどうかはよくわからない。

ボンボンバカボンバカボンボン

件の研究会のために早大正門をぐるぐること三十分
「どうやら早稲田で迷子になってしまったようで」

研究会の主催者に電話をかけた
「いま、まわりに何が見えますか」

「大隈重信が立っているのが見えます」

「大隈先生は何か言っていますか」

「いえ、何も。話しかけてみましょうか」

「時間がないからいいです。でもだいたいわかりました。我々がいるのは戸山キャンパスなのです。つまり、いまいらっしゃるところのと、な、り、です」

〜都の西北　ワセダのとなり　バカ田　バカ田　バカ田　バカ田

大隈重信は都バスに乗って出掛けてしまい
世界的に有名なおっさんが私の前に立っていて
知恵ある言葉をかけてくれた
「なすがママ、きゅうりがパパ、これでいいのだ」

電気の点検で停電した東大の教育学部棟に取り残された日
電気と無関係に音が出る学生ラウンジのピアノ
Let it be を弾いていると背後に人の気配を感じた
自動ドアが開かないはずなのになぜか世界的に有名なおっさんが立っていた
「そんなにそのピアノが好きなら家で弾けばいいのだ。ワシに一声かけてもらえばピアノでも愛でも夢でもいつでも運ぶのだ。ワシは引っ越し屋さんもやっているのだ」
「いいの。私のピアノは誰でも弾いていいよっていう教育学部のピアノでいい。ここは私にとって「あなたは、あなたでいいのだ」って言ってもらえる場所だからね。それに『夢千代日記』の武満徹だって自分のピアノは長いこと持たなかったんだよ」

「何、菊千代だと！」

「違うよ、夢千代だよ、夢千代」

椎名町のアパートから持ってきた非常用ロウソクで世界的に有名なおっさんは私を照らし知恵ある言葉をかけてくれた
「なすがママ、きゅうりがパパ、これでいいのだ」

「パパ！　だめだよ、降りなきゃ！」
「みんなが「のぼり」って言うから登ったのだ。しかも今日は大相撲何とか場所じゃなくて「ポール・マッカートニー」なんて書いてやがる。これは登らなくてはいけないのだ」
有明方面の道路から外国車が入ってくると
聞いたこともないような歓声が道をふさいだ
車のなかから世界的に有名な少年が手を振っていた

「ワシも国技館に入りたいがチケットがないのだ」
「大丈夫だよ、パパ！　升席だから詰めて座ろうよ！　私と一緒にサッと入って。テクマクマヤコン！」
五千人ほどの人々が国技館を埋め尽くし世界的に有名な少年を待っていた
朝作った五切れのきゅうりのサンドウィッチと二切れのなすの浅漬け
世界的に有名なおっさんと一緒に食べながらポールがステージに出てくるのを待っていた
「なぜ五切れのきゅうりのサンドウィッチと二切れのなすの浅漬けを持ってきたのだ。そこはなすではなくて魚にすべきところなのだ」
「ポールはベジタリアンなんだよ」
やがてポールがステージに出て来てキャーキャー言われるたびに
きゅうりのサンドウィッチとなすの浅漬けがどんどん増えていった
「与えよ、さらば与えられん！」
世界的に有名なおっさんがサンドウィッチと浅漬けを分けてまわった
やがてすべての人々にきゅうりのサンドウィッチとなすの浅漬けが行き渡ると
大合唱が始まった

「なすがママ《Let it be》、きゅうりがパパ《Let it be》、これでいいのだ《Let it beLet it be》」

「なんだかさっきからステージでワシと同じことを言っているのだ。さては椎名町から来た人だな」

「違うよ、パパ。ポールはイギリスから来たんだよ」

打ちひしがれた時はいつも
世界的に有名な少年が目の前に立っていて
知恵ある言葉をかけてくれる
「なすがママ《Let it be》、きゅうりがパパ《Let it be》、これでいいのだ《Let it beLet it be》」

＊タイトルおよび作中のフレーズは『天才バカボン』の主題歌より。
第三連はポール・マッカートニー両国国技館公演（二〇一八年十一月五日）より。

ラプサン・スーチョンの女

もう十年以上も前の話になるだろうか
日本ではせいぜい新聞の小さな記事になったくらいだったが
ラプサン・スーチョンが「規制」にかかったことがあった
ラプサン・スーチョンは中国で生産され　その多くがイギリスへと輸出される
日本に入ってくるラプサン・スーチョンのほとんどはイギリス経由で輸入されたものだ
最高級のラプサンは野生種の茶葉を松で燻して作られる
イギリスでは「ミルクティーならラプサン」と言われるほどの支持を得ているものの
ライフスタイルの変化などでその輸入量は近年減少傾向にあると言われて久しい
ＢＢＣのニュースでは首相のような人が中指を立てて「ラプサン・スーチョンは国外へ出

さないからな！」という趣旨のことを喚いていた
ラプサン・スーチョンがなぜ「規制」にかかったのかは定かではない
ポール・マッカートニーが *English Tea* という新曲を発表したせいで
英国版わび・さびのようなものに目覚めてしまった人々が急増したためとか
ラプサンを積んだ船がラプサン・ジャンキーの海賊に乗っとられたためとか
いろいろ言われたが詳しいことはいまだによくわかっていない
この「ラプサン・パニック」は決して多くはない日本のラプサン愛好家に衝撃を与えた
東京じゅうの専門店や百貨店に問い合わせたがラプサンはどこにも売っていなかった
もともと輸入量の少ないラプサンを愛好家がすでに買い占めていたのだ
ある店では「代替品」として他の燻製茶をすすめられた
大きめの茶葉をグァバの葉で燻したアフリカの紅茶
ワイルドで酸味のある味はコーヒーの生豆を思わせる
ウィスキー樽で燻したスコットランドの白茶
ティーカップの底に沈むシェリー樽の微かな香りは玉露の涼しさを思わせる
しかしどれもラプサンのような勝利の女神が掲げる松明のような香りはしないのである

あの下品で高貴な素敵な味！
「ラプサン・スーチョンよ、お前の代わりはどこにもいない」

松の枝を拾ってきて日東紅茶を燻せばラプサンが作れるのではないか
追い詰められた私はそのような考えに至った
しかしこれには問題がある
自宅付近ではよく農家が落ち葉や枝をごみとして出さずにそのまま畑の一角で燃やす
そのたびに役所にクレームの電話がじゃんじゃんかかってくるのだ
戦後七十年以上経つが自宅の庭には防空壕がある
うかつに走ったりすると防空壕の天井である地面が抜けるおそれがあるため
いままで防空壕には近寄らなかった
しかしどうやら戦後初めて防空壕を使う時が来たようだった
防空壕のなかに燻製器を入れれば極力煙を出さずにラプサンが作れると思ったからだ
ほぐした百円の日東紅茶（ティーバッグ百個入）と拾った松の木を燻製器に入れ
燻製器に紐をつけて防空壕のなかに落とした

もちろん本物のラプサン・スーチョンの素晴らしさにはかなわない
しかしラプサンのスピリットは生きている

日曜日の朝
ラプサン・スーチョンとともに砂糖がけのカップケーキを食べていると
二人の警官が家を訪ねてきた
「警視庁〇〇〇署の者です」
「どういったご用件でしょうか」
「ご近所の方から苦情の電話がたくさん入ってきまして」
「はぁ、具体的にどういった苦情でしょうか」
「お宅の庭からクレオソートのにおいがすると」
密造酒と違って密造茶は別に違法ではない
「使っていない防空壕で日東紅茶を燻したんです」
二人の警官は首をかしげて顔を見合わせた
「ちょっと庭を調べてもいいですか」

「ええ、構いませんよ」

二人の警官は防空壕の深い穴を覗いた
「すごいにおいですね。クレオソートなんてもんじゃないですよ。せっかくの日東紅茶をこんなにおいにするなんて頭がどうかしている」

「戦争が終わってどのくらい経つと思っているんですか。防空壕は塞がないとだめです。危ないですよ。なぜこのままにしているんです」

「さぁ、詳しいことは私もよく知らないんです。この深さと広さだと少なくとも十トン程度の砂が必要だと思うんです。でも、砂の値段って、すごく高いですよね。それで穴を塞がなかったという話を昔聞いたことがあります」

二人の警官はあきれたような顔をしていた
「正確な深さは測ってみないとわかりませんが、おそらく違法な深さです。危険なので早急に業者に依頼して穴を塞いでください」

「でも、自宅の敷地内ですよ」

「それでもだめなんですよ。知らない人が家に来て穴に落ちてしまうということもあるでしょう」

「ああ、言われてみればそうですね。クリケット、いや、ゲートボールをやりにこの辺のじじいとばばあたちが敷地内に不法侵入してきたことがかなり前に一度あったんです。じじいとばばあたちがエキサイトして薄くなった地面を踏んで防空壕に落ちて大騒ぎになったんですよ」

「でしょう。だから危ないんです」

「戦争がまた始まったらどうするんですか。今度はどこに隠れるんですか」

「戦争はもう終わったんですよ《War Is Over》。防空壕の穴は塞ぎましょう《Fixing A Hole》。戦争が始まる前はそもそも穴なんかなかったんです」

次の日曜日の朝
ラプサン・スーチョンとともに砂糖がけのカップケーキを食べていると
BBCのニュースに首相のような人がまた出てきて「ラプサン・スーチョンを独り占めするのはもうやめにする」と謝罪していた
続いて数日後に誕生日を迎えるというリンゴ・スターが誕生日にどんなプレゼントが欲しいのかとインタビューされていた

「皆さんにお願いがあるんです。私の誕生日には祈ってください。Peace and Love と。世界中の人がいっせいにそう祈ってくれたらこんなに素敵なことはありません」

和解

その少女は春になると青年に白い沈丁花の花を摘んできた
切りそろえた沈丁花とほとんど背の変わらない頃からその青年に花を摘んできた
言葉も覚えない頃から口元に微笑みをためて沈丁花を摘んできた
その少女がもう少し大きくなると　青年は少女をよく豊島園に連れ出した
豊島園に行った日はウォーターシュートに乗り　「古城の喫茶」で食事をした
ソーダ水　アイスクリーム　天ぷらそば　花園と噴水を眺めながら
壁には十字架がタイルで描かれ　そこは教会のようでもあった
Santo Sepulcro　眠っているキリストが描かれたタイル
花園が良く見えるからと　少女はそのタイルの掛かった壁の横のテーブルにいつも座った

「ここはお城というより教会みたいね。結婚する時はここで結婚式を挙げるんだわ」

少女は伏し目がちにソーダ水の泡を見つめた

東京の空が真っ赤になった日　探しても探しても少女が見つからなかった
学校の帰り道で空襲に遭ったに違いなかった
「病院に入れない人たちが豊島園に運び込まれている」
そう聞いた青年は豊島園へと急いだ
豊島園も空襲に遭い　木や建物が壊れていた
被害をまぬかれた古城の喫茶と宿泊所に怪我をした人たちが運び込まれた
テーブルや椅子はどこかに撤去され　ひどい怪我をした人がたくさん横たわっていた
やっと息をしている少女　手にはしおれた白い沈丁花
体中に包帯が巻かれ　それでも血が滲んでいた
「池袋の空が真っ赤になったの。聞いたこともないような叫び声がたくさん聞こえて。一緒にいたお友達ともみんなはぐれてしまったの。ただいつものように沈丁花を摘んで歩いていただけなのに。本当に本当にただ歩いていただけなのに。何も悪いことをしていないのに」
涙の出ない悔しい顔で青年のシャツの袖を握った
伸びない人差し指の先には眠っているキリストのタイル
十字架のような沈丁花の萼が散らばっていた
Santo Sepulcro
青年はその日生まれて初めて泣いた

豊島園は今日で九十四年の歴史を閉じようとしていた
すでに老人になったその青年は　お別れを言いに豊島園に来た
古城の喫茶の眠っているキリストのタイルの下に　そっと白い花を置いた
戦後老人は別の女の人と結婚し子供が生まれ　家族を連れて豊島園にもよく来た
昭和四十六年の春　アメリカの遊園地から豊島園にメリーゴーランドがやってきた
煌びやかなメリーゴーランド　その名もカルーセルエルドラド
青年はエルドラドに乗る家族を柵の外からカメラで撮った
しかし青年はエルドラドに一度も乗ることがなかった

あれは子供が乗るものだからと照れ笑いを浮かべてごまかしていたが

エルドラドが回るたびに青年は唇を噛み締めていた

「アメリカの遊園地から来たメリーゴーランドなんか乗れるわけがないだろう。アメリカが爆弾を落とさなければあの子は死ななかったんだ。かわいそうに、あんなに苦しんで死んで。あの子がここで命を落とした時も、アメリカの遊園地ではこのメリーゴーランドが平然と回って、はしゃぐ子供たちを乗せていたんだろう」

豊島園最後の日も　老人はエルドラドには乗らずに離れたところから見ているだけだった

「おじいさん、ちゃんと並ばないとエルドラドに乗れないわよ。豊島園は今日で閉園してしまうのよ。さあ、ちゃんと列に並んで」

老人は「乗らない」と言おうとしたが少女によって強引に列に入れられてしまった

もう七十年以上も前のことで記憶もおぼろげだが　白い花の少女によく似た少女だった

エルドラドに乗りたい人が多すぎて列はエルドラドの周りを何重にも巻いていた

「やっぱり、僕は止します。お嬢さんだけ乗りなさい」

そう言って老人が立ち去ろうとすると少女は老人を止めた

「待って。せっかく並んだんだから乗りましょうよ。この子たちはね、いまから百年以上前にドイツのミュンヘンで生まれたのよ。ドイツで子供たちを乗せていたんだけれどね、戦争がはじまりそうになって作った人の弟が逃がしたのよ。アメリカへ。でも私は逃げられなくて、ここで人生が終わってしまった。お兄さんは、私のためにエルドラドに乗らなかったのよね。でも、もうそんなことしないで。私と一緒に乗って。もし私が生きていたら、お兄さんは私とエルドラドに何度も乗ったはずよ。そうでしょう。数えきれないくらい」

青年は何かに呑み込まれそうになるのを堪えながらじっと少女を見つめた

それから青年と少女は何も話さず静かに順番を待った

「二人分」

やがて順番が回ってくると老人はそう言って乗り場で千円札を渡したが

係の人は一瞬目を丸くして七百円のおつりを老人に渡した

「僕は足がすっかり弱くなって、上には上がれないよ」

「それなら下の段の馬車に乗りましょう。二人で一緒に乗れるわ」

ただ少しの間回っていただけなのだ　夢のような時間が回っていただけなのだ

「また一緒に乗ってくれるかい」

「もちろんよ。エルドラドは回り続けるわ。豊島園からお引越しをするだけよ」
少女がワンピースのベルトから白い花を取り出した
「今日はお兄さんから白いお花をもらったわ。ありがとう」
まだ言葉を話せなかった頃のように少女は口元に笑みをためた
「沈丁花を探したのだけれど、見つからなかった。夏だからね。ごめんね」
少女は口元に笑みをためたまま伏し目がちに首を横に振った
少女の座った馬車の座席にはただ白い花だけが散らばっていた
フィナーレを知らせるかのように美しく散らばっていた

二〇二〇年八月三十一日　二〇時五十九分
豊島園のカルーセルエルドラドが止まった
パッ　パッ　パッ　エルドラドの電気が消えた
長年豊島園に勤めた職員の人が操縦室でエルドラドのスイッチを切った
溢れてくる涙を両手で押さえながら集まった人たちに何度もお辞儀をした
周りを囲む人たちも泣きながら「ありがとう」「ありがとう」と拍手した

かつてエルドラドがアメリカを去ったとき
エルドラドのことが大好きだった子供たち　昔子供だった人たちが
大勢波止場に押し寄せて泣きながら別れを惜しんだ

人間はみな同じような生き物なのです

＊第一連から第三連はザ・フォーク・クルセダーズ「花のかおりに」（昭和四十三年）より着想を得た。
＊「豊島園（としまえん）」は東京都練馬区にかつて存在した遊園地である（二〇二〇年八月三十一日閉園）。「古城の喫茶」は正門付近にあり、戸野琢磨「遊園地としての豊島園」（「庭園」第九巻第十号、一九二七年）によれば、園内の花園を眺めながら休憩し、食事をとる場所として「英國式古城風の食堂」が建てられたのだという。食堂として使われなくなってからは「木馬の会事務所」として使用されていたため、建物内部のごく一部に関しては一般の立ち入りが可能であった。内側の壁には、十字架を模したタイル、Santo Sepulcro, Detención de Jesús, Cofradia などの言葉の書

かれたキリスト教やカトリック信仰を暗示する小さなタイル画が天井付近に掛けられていた。古城の喫茶の外観もイスラエルの「聖墳墓（Santo Sepulcro）教会」の一部とよく似ている。しかし、古城の喫茶とキリスト教との関係は不明である。

豊島園が閉園した日
大勢の人たちが「ありがとう！　ありがとう！」と言いながら豊島園を後にした
誰も「さようなら」を言わなかった
かつて豊島園にあった「アフリカ館」でいつもお見送りをしてくれた
客室乗務員のマネキンのお姉さんたちも駆けつけてくれた
お姉さんたちだけが「さようなら！　さようなら！」と繰り返していた
「の反対なのだ！　の反対なのだ！」
お姉さんたちが声を出すたびにその横にいるおじさんが何かを喋っていた
「さようならの反対なのだ！」

バカボン引越センター　豊島園発　西武遊園地行き
カルーセルエルドラド御一行様の巻

所沢西武で狭山茶と焼き団子を買って帰ろうとしたら　椎名町の改札にサイボーグ００９と怪物くんと一緒にいるはずのバカボンのパパに声をかけられた
「ちょっとお尋ねするのだ。ワシは引っ越し先が西武遊園地に決まった豊島園の人たちをご案内するところなのだ。ここからどうやって西武遊園地に行けばいいのだ？」
九十四年の歴史に幕を下ろした豊島園の乗り物の一部は西武遊園地に移設されることが決まっていた
「西所沢で西武遊園地行きに乗り換えるか、あとは東村山で西武園行きに乗って遊園地まで歩くか。西武球場前行きが来たら終点まで行ってそれからレオライナーで遊園地まで行くって方法もあるわね。ところでパパ、いま「豊島園の人たち」って言ったね？「人たち」ってことはミステリー・ゾーンの人たちをご案内するの?」

「あんな怖い人たちはご案内しないのだ。隣に住んでる怪物くんに丸投げしたのだ。ワシと鉢合わせしない日程で西武遊園地にご案内するようにお願いしたのだ」

「でも、話してみたら案外いい人たちかもよ」

「仲良くなって、暗闇で、ワッとおどかされたらひとたまりもないのだ」

「じゃあ、パパが案内するのは誰なの?」

「カルちゃん(ぶたさん)とエルちゃん(おうまさん)、妖精さん、女神さま、天使たち。つまりカルーセルエルドラドの住人の人たちなのだ!」

「じゃあ、これからもエルドラドは西武遊園地で私たちを乗せてくれるんだね!」

「そういうことなのだ」

「あ、パパ! 二番線に西武新宿行きが来るよ! 東村山で乗り換えようよ!」

東村山に着くと西武園行きの電車がちょうど発車してしまったところだった
「しょうがないから茶でも飲みながら団子を食うのだ」

バカボンのパパは人が買った団子を勝手に食べ　ヘソで狭山茶を沸かした

エルドラドの住人たちもヘソで沸かした狭山茶を飲み　じっと茶を見つめた
「これは……。黄金色のお茶だ。生まれて初めて見た……」
「西武遊園地の近くで作ってる狭山茶だよ。深蒸し茶はみんなそんな色なんだよ」
「おお！　黄金の国《El Dorado》！　我々はここに辿り着く運命だったのだ！」
バカボンのパパはヘソで狭山茶を沸かし続け　何本もの西武園行きを見送った
「ところであのメロディーはなあに？」
カルちゃんとエルちゃんは発車メロディーの東村山音頭を知らない
「あれは、東村山音頭っていうんだよ。このあたりの盆踊りでは必ず踊るんだ。盆踊りはね、遠くへ行ってしまってもう会えない人のことを思って踊るんだよ」
「アイーン！」
その時だった
顔を真っ白に塗って眉毛を太くしたちょんまげ姿のこの村の英雄が木馬に飛び乗った
「Ein!」
エルドラドの住人たちが一斉に合唱のように声を合わせた
「ああ、なんて懐かしい！　私たちの故郷の言葉！　私たちを作ったヒューゴー・ハッセの話した言葉！　あの方はドイツの王様なのね！」

「いいえ。バカ殿はどこの国の王様でもありません。かつてイギリスのダイアナ妃は「私はこの国の王妃にはなるつもりはない。人々の心の王妃になる」と言いました。ダイアナさんと同じく、バカ殿は私たちの心の王様なのです」

「誰かの心のなかでダイアナさんが「let it be」とささやけば、ワシは「これでいいのだ」とささやき、バカ殿は「だいじょぶだぁ」とささやく、という塩梅なのだ」

「Ein König in unserem Herzen!（おお！　私たちの心の王様よ！）」

いつだって心のなかにバカ殿がいることを思い出してください
バカ殿はきっと知恵ある言葉をささやいてくれます
「だいじょぶだぁ」

六人目の世界王者

今日も心の石神井川の上をサイクロンが疾走する

「これが私たちの最後の広告です」
豊島園最後の日　園内で最後の広告が掲げられた
ちょうどヨネクラジムに最初の世界王者の肖像画が掲げられた時のように
西武鉄道のすべての駅に豊島園最後の広告が貼られた
広告には「あしたのジョー」の最終回の場面が描かれていた
左上にさようならの反対を意味する Thanks. の文字が見える
「ヨネクラジムの六人目の世界王者だ！」
思わず私はそう呟いた

ジョーはホセに負けたはずなのに
ヨネクラジムから六人目の世界王者が誕生することは永遠にないはずなのに
心の世界王者は微笑みかける
西武池袋線はフライングパイレーツもイーグルも
そしてヨネクラジムも見えない世界のなかで
これからも走り続ける
人々の思い出を背負って

豊島園閉園の翌日
池袋駅のかつてたくさんのシャンデリヤが吊り下げられていた場所には
豊島園最後の広告がたくさん吊り下げられて羽《feather》のように風に戦いでいた

本当に正しい場所だけが
飛べない鳥《bantam》のように
人びとの心のなかに留まった

Thanks.

著者略歴

一九八五年　東京都に生まれる
二〇一五年　第53回現代詩手帖賞
二〇一七年　第一詩集『長崎まで』（二〇一六年）によって第22回中原中也賞
二〇一八年　平成29年度東京大学総長大賞

ソ連のおばさん

著者
野崎有以《のざきあい》
発行者
小田久郎
発行所
株式会社思潮社
〒一六二―〇八四二　東京都新宿区市谷砂土原町三―十五
電話〇三（五八〇五）七五〇一（営業）
〇三（三二六七）八一四一（編集）
印刷・製本所
創栄図書印刷株式会社
発行日
二〇二一年七月一日